19

MATÍAS
y el color del cielo

para Antonio Ventura
para Verónica Uribe

Edición a cargo de Verónica Uribe
Dirección de arte: Irene Savino

Quinta edición, 2017

Av. Luis Roche, Edif. Banco del Libro. Altamira Sur. Caracas 1060, Venezuela
C/ Sant Agustí, 6, bajos. 08012 Barcelona, España

www.ekare.com

ISBN 978-980-257-262-5 · Depósito legal lf1512001800178

Impreso en China por RRD APSL

Rocío Martínez

MATÍAS

y el color del cielo

EDICIONES EKARÉ

Matías está enfurruñado.

No le salen los colores que quiere pintar.

—¿Qué te pasa? —pregunta Penélope.

—Quiero pintar el color del cielo, pero está siempre cambiando

—protesta Matías.

—¿Puedo ayudarte? —se ofrece Penélope.

—Bueno... pero es difícil —contesta Matías.

—Quiero pintar el color del cielo

cuando amanece —dice Matías.

—¿Será como la piel de Juan? —pregunta Penélope.

—¡Sí, de ese color! —dice Matías.

—Ahora quiero pintar el color del cielo cuando el sol está en lo más alto —dice Matías.

—¿Será como las plumas de los pollitos de Teodora? —pregunta Penélope.

—¡Sí, así es! —contesta Matías.

—Y también *me* gustaría pintar el cielo nublado, cuando llueve —dice Matías.

—¿Será como el pelo de Tomasa? —pregunta otra vez Penélope.

—¡Sí, es así! —dice Matías.

—¿Y podrás pintar el color del cielo

cuando el sol ya se ha escondido?

—pregunta Penélope.

Matías se queda pensativo.

—¡Sí! ¡Claro que sí! —exclama Matías—. Es del color de mis pelos.

—Exacto —contesta Penélope.

«Vaya», piensa Matías,

«el cielo tiene mil colores».